Cangrejos

Julie Murray

Abdo

¡ME GUSTAN LOS ANIMALES!

Kids

abdopublishing.com

Published by Abdo Kids, a division of ABDO, PO Box 398166, Minneapolis, Minnesota 55439.
Copyright © 2018 by Abdo Consulting Group, Inc. International copyrights reserved in all countries.
No part of this book may be reproduced in any form without written permission from the publisher.

Printed in the United States of America, North Mankato, Minnesota.

052017

092017

THIS BOOK CONTAINS
RECYCLED MATERIALS

Spanish Translator: Maria Puchol

Photo Credits: iStock, Shutterstock

Production Contributors: Teddy Borth, Jennie Forsberg, Grace Hansen

Design Contributors: Christina Doffing, Candice Keimig, Dorothy Toth

Publisher's Cataloging-in-Publication Data

Names: Murray, Julie, author.

Title: Cangrejos / by Julie Murray.

Other titles: Crabs. Spanish

Description: Minneapolis, MN : Abdo Kids, 2018. | Series: ¡Me gustan los
    animales! | Includes bibliographical references and index.

Identifiers: LCCN 2016963035 | ISBN 9781532101809 (lib. bdg.) |
    ISBN 9781532102608 (ebook)

Subjects: LCSH: Crabs--Juvenile literature. | Spanish language materials--
    Juvenile literature.

Classification: DDC 595.3--dc23

LC record available at http://lccn.loc.gov/2016963035

Contenido

Los cangrejos

Los cangrejos viven en muchos lugares. La mayoría vive cerca del mar.

Tienen **caparazón**. El caparazón los mantiene a salvo.

El cangrejo crece y su **caparazón** le queda pequeño. ¡Por eso le crece uno nuevo!

Los cangrejos tienen diez patas.

Un par de patas son pinzas.

Las pinzas le sirven para defenderse. También para agarrar alimento.

Los ojos de los cangrejos están parados encima de dos **pedúnculos**.

Los cangrejos tienen **antenas**.

Sirven para oler y saborear.

Los cangrejos comen plantas.

También comen caracoles.

¿Has visto un cangrejo

alguna vez?

Algunas especies de cangrejos

cangrejo azul

cangrejo fantasma

cangrejo de los cocoteros

cangrejo violinista

Glosario

antena
parte delgada y móvil que sirve para oler, saborear o sentir.

caparazón
parte externa y dura de un animal.

pedúnculo
parte movible en algunos animales, sale de la cabeza y en la parte de arriba sostiene un ojo.

Índice

abdokids.com

¡Usa este código para entrar en abdokids.com y tener acceso a juegos, arte, videos y mucho más!

Código Abdo Kids:
ICK9046